LAS QUINAS DE PORTUGAL

Tirso de Molina

PERSONAS QUE HABLAN EN ELLA:

- Don ALFONSO Enríquez, conde de Portugal
- BRITO, pastor gracioso
- Don EGAS Muñiz
- Don GONZALO
- Una DAMA
- Algunos PORTUGUESES
- Don PEDRO
- GIRALDO, viejo
- ISMAEL, rey moro
- LEONOR, dama
- ZULEMA, moro
- Algunos MOROS
- Un ALFAQUÍ
- Un niño que hace a CRISTO

JORNADA PRIMERA

BRITO: ¡Hao, que espantáis el cabrío!
          ¡Verá por dó se metió!
          ¡Valga el diabro al que os parió!
          ¡Echad por acá, jodío!
             ¡Teneos el embigotado!
ALFONSO: Enriscado me perdí,
          pastor, acércate aquí.
BRITO: ¿Acercáosle? ¡Qué espetado!
            Pues yo os juro a non de San
          que si avisaros no bonda
          y escopitina la honda
          seis libras de mazapán
             (mejor diré mazapiedra)
          ¡Hao, que se mos descarría
          ell hato!
ALFONSO: Escucha.
BRITO: ¡Aún sería
          el diablo! ¡Verá la medra
            con que mos vino! ¡Arre allá,
          hombre del diabro! ¿Estás loco?
          Ve abajando poco a poco,
          no por ahí, hancia acá,
             ¡Voto a San, si te deslizas!
ALFONSO: Acerca, dame la mano.

Acércanse

BRITO: Que has de llegar a lo llano
bueno para longanizas.

Dale el cabo del bastón y tiénenle am-
bos

Agarraos a ese garrote.
¿Quién diabros por aquí os trujo?

Bajando

Teneos bien, que si os rempujo
no doy por vueso cogote un pito.
ALFONSO: ¿Qué sierra es ésta?

Bajando BRITO hacia ALFONSO, asidos los dos al
palo

BRITO: La de Braga, hacia Galicia.
ALFONSO: ¡Notables riscos!
BRITO: Se envicia
     hasta el cielo.
ALFONSO: ¡Extraña cuesta!
BRITO: Llámase Espantaruínes.
ALFONSO: No sé yo que haya en España
     más escabrosa montaña.
BRITO: Mala es para con chapines.
     Dad acá la mano.
ALFONSO: Toma.

Júntanse las manos y repara BRITO en el
guante

BRITO: ¿Hay mano con tal blandura?
            O sois vagamundo o cura.
            Echad por aquesta loma
               con tiento. ¡Hao! Que caeréis.

Van bajando poco a poco de las manos

ALFONSO: ¿Hay peñas más enriscadas?
BRITO: ¡Manos de lana y peinadas!
            ¡Qué guedejas, hao! Me oléis
               a poleo. ¡Pregue a Dios
            que no encarezcáis la lleña!
ALFONSO: No malicies.
BRITO: Pues ¿hay dueña
            que las traiga como vos?
ALFONSO: ¿Nunca viste guantes?
BRITO: ¿Qué?
ALFONSO: Éstos. (Simple es el villano.) **Aparte**

Descálzase uno

BRITO: ¡Aho, que os desolláis la mano!
            ¿Estáis borracho? A la hé
               que debéis ser fechicero.
            El pellejo se ha quitado
            y la mano le ha quedado
            sana apartada del cuero.
               Las mías ell azadón
            las ha enforrado de callos.
            Pues que sabéis desollallos,
            hacedme una encantación;
               o endilgadme vos el cómo
            se quitan, que Mari Pabros
            se suele dar a los diabros
            cuando la barba la tomo.

ALFONSO: ¡Sazonada rustiqueza!
BRITO: Por aquí, que poco falta
          de la sierra.
ALFONSO: Ella es bien alta
          y escabrosa su aspereza.
BRITO: Y decid, por vuesa vida,
          ¿qué se puede desollar
          la mano sin desangrar
          quedando entera y garrida?
ALFONSO: Anda, necio. La que ves
          es una piel de cabrito
          o cordobán.
BRITO: ¡Pues bonito
          soy yo!
ALFONSO: Adóbanla después
          y ajustándola a la mano
          del polvo y sol la defiende.
BRITO: ¿Sí? ¡Bueno! O sois brujo o duende.
          Vos pensáis por lo serrano
          burlarme. ¿No está apegada
          con la carne a esotra?
ALFONSO: No.
BRITO: No os la vi desollar yo?
ALFONSO: Estaba en ella encerrada
          como tu pie en esa abarca.
BRITO: Ataréislas por traviesas,
          que ya yo vi manos presas
          por retocar lo dell arca;
          Mari Pabros mé pedía
          la mía de matrimeño
          y yo, como amor lo enseño,
          dándole a esotra vacía
          burlada se quedaría

Ya están abajo

si por Olalla la dejo,
que hay mano que da el pellejo,
pero no la voluntía,
    y porque ya estáis abajo
adiós, que all hato me vó.
ALFONSO: Quiero desempeñar yo
las deudas de tu trabajo.
    Toma este anillo.
BRITO: ¿Este qué?
ALFONSO: Sortija. Es de oro.
BRITO: Verá;
    mijores las hay acá
de prata. Se le daré
    a Mari Pabros. Señor,
¿qué es esto que relumbrina?
ALFONSO: Un diamante, piedra fina.
BRITO: Lo que llaman esprendor
    el cura y el boticario.
ALFONSO: ¿Quién?
BRITO: Un par de entendimientos
    que, a falta de pensamientos,
mos habran extraordinario;
    y hay en nueso puebro quien
mos avisa esto que oís,
echan al centeno anís
para que mos sepa bien;
    habran los dos tan prefundo
que los doy a Barrabás
y porque no es para más,
adiós, hasta el otro mundo.

Vase

ALFONSO: Dudo que puedan hallarme
en tan distante espesura
mis monteros. ¡Oh hermosura!
Tú has venido a enajenarme
    de mi gente y de mí mismo.
Es doña Elvira Gualtar

objeto digno de amar,
pero en el hermoso abismo
  que mi memoria atropella,
anegadas mis pasiones
falto a mis obligaciones.
Dos ángeles tengo en ella,
  dos niñas, que de mis ojos
niñas han venido a ser
para no dejarme ver
más que sus bellos despojos.
  Soy conde de Portugal,
y por la madre y las hijas
ocupaciones prolijas
de un gobierno casi real
  olvido. Pero ¿qué es esto?

*Suena música. Ábrese toda la
montaña desde la mitad abajo, quedañdo descubierta
una cueva capaz, toda entapizada de hiedra, flores y romeros,
techos, paredes y suelo. En medio de una mesa de hierbas, y
asentado en un peñasco, la cara a la gente, GIRALDO, viejo
venerabilísimo, vestido de estera de palma, con algunos
libros como que los estudia; a un lado de la puerta de la cueva una
palma, colgando de ella las armas que aquí se dicen. Las
peñas por donde bajó el ALFONSO, levantadas agora,
servirán a la cueva de chapitel y toldo*

ALFONSO: Los peñascos, obeliscos
          de esta sierra, entre sus riscos,
          dividiéndose, han compuesto
            entre su nevado espacio
          un modo de solio regio
          .... [-egio]
          que de la aurora es palacio;
            las peñas sus capiteles,
          con majestad elevados,
          techumbres suplen dorados.
          Hierbas sirven de doseles
            que, entretejidas de flores,

trepan sus ramas inquietas
por jazmines y mosquetas
con brazos escaladores.
    Desde el verde pavimento
hasta el florido artesón
da causa a la admiración
que le juzga encantamento.
    Una senectud se eleva
prodigiosa y venerable
que, con respeto agradable,
el centro ocupa a la cueva.
    Trofeos son de esta palma
la espada, yelmo y arnés.
Algún héroe portugués
por la milicia del alma
    los materiales olvida.
Libros, estudioso, hojea.
¡Qué bien sus ocios émplea!
¡Qué bien retirada vida!
    Amagos muestra divinos.
Toda el alma me ha robado.

Quiere retirarse asombrado y levántase GIRALDO
y sale deteniéndole

GIRALDO: Detén, huésped deseado,
el paso a tus descaminos.
    Por dicha, ¿eres portugués?
ALFONSO: Por dicha y mucha lo soy,
pues las dichas que medro hoy
en verte son interés
    el más nuevo que jamás
de mi discurso el exceso,
apeteció.
GIRALDO: Según eso
al conde conocerás
    Alfonso Enríquez.
ALFONSO: Criéme
en su casa y compañía,
y tanto de mí se fía,

que, para que más se extreme
   la privanza afectuosa
con que siempre me estimó,
podré decir que él y yo
somos una misma cosa.
GIRALDO: Con eso ha calificado
dignamente la elección
de su mucha discreción;
pero ¿quién lo ha derrocado
   por aquestos precipicios?
ALFONSO: Cazando, al conde perdí
no muy distante de aquí.
GIRALDO: Son honestos ejercicios
   los que imitan la milicia,
ensayando entre las fieras
burlas que enseñan las veras
cuando es menos la codicia
   de esa noble ocupación
y goza de paz su estado.
Yo sé que te habrá causado
justamente admiración
   el verme, cuando penetras
soledades enriscadas,
colgar armas jubiladas
y dar el ocio a las letras.
ALFONSO: Dices, padre, la verdad.
GIRALDO: Pues para que se la cuentes
al conde, y los accidentes
de la Fortuna en mi edad
   última con más consejós
le hagan volver sobre sí,
siéntate, joven, aquí,
que los líquidos espejos
   de esta fuente y lo habitable
de esta sombra, los acentos
de las aguas y los vientos
harán mi historia agradable.

             Siéntanse sobre dos peñas
GIRALDO: En la ciudad de Oporto, donde el Duero,

para que nazca mar, expira río,
flor en botón, nací del cano enero
de un tronco generoso, padre mío.
No sé, al nacer, lo que lloré primero,
o su muerte o mi vida que rocío
consume el sol que llora la criatura
el breve tiempo que su aliento dura.

　　Huérfano, en fin, en mi inocente infancia,
con poco amparo y menor herencia,
la industria supo hacer a la ignorancia
en mis primeros años resistencia.
Entorpece ociosa la abundancia,
y la penuria es toda diligencia.
Ésta, pues, que el valor no desperdicia,
me llevó, ya mancebo, a la milicia.

　　Vino a Castilla el conde don Enrique,
hijo cuarto del duque de Borgoña,
ramo del francés lirio a quien dedique
triunfos la flor que en Portugal retoña,
porque eterno en Alfonso se fabrique
el regio asilo contra la ponzoña
del Alcorán, y con mejor fortuna
pise el sol de su cruz su media luna.

　　Sirvióse Alfonso el sexto de su espada,
siempre fiel y a su lado vencedora;
ya en su fortuna adversa, aunque amparada
del toledano alarbe, si hay fe mora,
ya en la propicia con la destinada
muerte del rey, su hermano, que en Zamora
infancias dio a Bellidos y escarmientos
a monarcas que quiebran juramentos.

　　A la sombra, pues, yo de la milicia
del héroe Enrique, borgoñón famoso,
medré con su privanza, la noticia
del marcial ejercicio siempre honroso
rey en León, Castilla y en Galicia,
Alfonso el sexto, y para mas honroso
blasón que siempre el africano tema
imperial en sus sienes la diadema.

　　A nuestro Enrique con su gente envía

por capitán de la conquista santa
que oprrme la otomana tiranía,
llora la iglesia y la blasfemia canta.
Partí con él, y mereció en Suría
por muestra del valor que le adelanta
del papa Urbano, que quién es conoce,
que uno le elija entre sus pares doce,

  presuma numerar los que desata
átomos, esa antorcha de los cielos,
oro en la arena, en las estrellas plata,
al viento soplos y a las aves vuelos.
¿Quién a lo que hizo Enrique en Damiata
y en Antioquía atreva paralelos?
Que no hay bastante, cuando afecte suma,
bronces a estatuas ni a vitorias pluma.

  Entró Godofredo, en fin, triunfante
en la ciudad gloriosa en que la vida
el Dios de Amor perdió de puro amante,
ingrata, y de su púrpura teñida
de aquélla que creyéndola diamante
Melquisedec fundó, y ennoblecida
sobre cuantas el sol dora y conoce,
metrópoli amparó en los tribus doce.

  Allí, después que nuestro Enrique alcanza
fama inmortal, que encarecer no puedo,
único premio suyo, su alabanza,
le enriqueció el glorioso Godofredo
con el divino hierro de la lanza
--bañado en gozo al referirlo quedo--
hierro que abrió de amor todo el abismo,
sangre a la redención, agua al bautismo.

  Dióle más, una parte sacrosanta
de la diadema regia, la corona
que con tanta crueldad y espina tanta
a Dios castiga, porque Dios perdona,
de aquel árbol un trozo, aquella planta
que la granada augusta nos sazona,
pechiabierta, purpúrea, coronada,
que en el altar es pan, si allí granada.

  Añadióle con esto una sandalia,

depósito preciso del aliño
que produjo más flores que Thesalia,
que vistió más purezas que el armiño,
que el ámbar, que el almizcle, que la algalia
que el amor, que el deleite, que el cariño,
de Pafos de Pancaya en flores bebe,
de María sandalia urna de nieve.
    De Magdalena, como blanca espuma
una toca de aquella enamorada
pirausta de su Dios, sin que consuma
incendio tanto, tanta fe abrasada
el brazo de San Lucas que en la pluma
y en el pincel nos feria trasladada
al oído la fe, copia a la vista,
su médico, pintor y evangelista.
    Victorioso volvió con tanta empresa
a los brazos del rey, que le recibe
en Toledo, triunfante, y le confiesa
que en el Asia por él su fama vive.
Premióle yerno suyo, con Teresa,
carísima hija suya, y le apercibe
a que por juro de heredad posea
a Portugal y conde suyo sea.
    Dióle en mi patria a la ciudad de Oporto,
a Coimbra, a Viseo y las amenas
regiones que en espacio y sitio corto
bañan de Duero y Miño las arenas,
la Beira y Tras os Montes; y le exhorto
que debele las lunas sarracenas,
a cuyos africanos desleales
diez y siete batallas dio campales.
    En Guimaraes su corte constituye,
desde ella gana la ciudad de Ulises,
la gran Lisboa, en quien el Asia incluye
profética opresión de sus países.
¡Oh Menfis española! El tiempo que huye
con plumas de sus años, a que pises
te destina los indios Dulimanes,
de zamorines, chinos e hildocanes.
    Con católicas mitras las cabezas

ciñó de Braga, hispana primacía,
de Oporto y de Coimbra. ¿Qué grandeza
no adquiriría a quien Dios su culto fía?
En Viseo, en Lamego, entre asperezas
otras dos catedrales también cría.
Salomón en la paz, cuyos ejemplos
pontífices colocan, labran templos.

   Siempre a su lado yo, siempre valido,
aliento su valor, sigo su fama;
pero una vez, por verle divertido
en los amores ciegos de una dama,
de mis fieles consejos ofendido,
mariposa a la luz de inquieta llama,
de su corte y condado me destierra;
trueco su indignación por esta sierra.

   Vivido la he su huésped cuarenta años,
colgando de esa palma, entre trofeos,
escarmientos que medran desengaños,
ambiciones que mueren en deseos.
Las encinas robustas, los castaños,
han suplido al sustento los recreos
de la gula, que a tanto vivo incita,
dichoso quien lo menos necesita.

   Supe--no me preguntes de qué suerte--
que cumplió el magno Enrique con la paga
fatal, ejecutora al fin la muerte,
y que con la condesa yace en Braga;
que Alfonso Enríquez, cuyo brazo fuerte
del valor heredero que propaga,
no sólo en sus estados le sucede,
sino que aventajarle en triunfos puede.

   Que nació lastimando compasiones,
pegadas con las piernas las rodillas,
que don Egas Muñiz con oraciones
mereció en su salud ver maravillas;
que, joven, se sujeta a sus pasiones,
y en vez de valeroso reprimillas,
a una mujer las postra, por que iguale,
haciendo que hile, a Alcides con su Onfale.

Levántanse

    ¡Oh joven esclarecido! Tú eres éste,
tu rama de Borgoña y de las lises
del sexto Alfonso nieto manifieste
en ti su sangre, porque alarbes pises;
huye esa Circe, contagiosa peste;
pues heredas a Ulises, sigue a Ulises,
y no te canses en hacer buscarme,
que hasta el mayor aprieto no has de hallarme.

Éntrase GIRALDO en la cueva y clérrase
como primero

ALFONSO: Volvió a cerrarse la roca
del prodigio pedernal,
y aun no ha dejado señal
de adónde tuvo la boca.
Alma es que a su centro toca
la senectud venerable
de su huésped; cuanto afable,
digno tanto de respeto,
ocultómele, en efecto,
su depósito admirable.
  ¡Válgame Dios! ¡Que de suerte
me haya el veneno adormido
de una beldad! ¡Que haya sido
forzoso que me despierte
un retrato de la muerte!
¡Que sea tal el frenesí
que sin seso apetecí,
que ocasione de este modo
a que se abra un monte todo
para que yo vuelva en mí!
  Predicóme un casi muerto
que este sepulcro escondía,
y aunque en desierto, alma mía,
no es predicar en desierto;

túmulo es el que se ha abierto
en este monte excesivo,
y ya por él me apercibo
a que, tirando la rienda,
ni un mármol me reprehenda
ni un muerto predique a un vivo.

BRITO: Digo que según las señas
        que a sus mercedes oí,
        es el mismo que por mí
        no dio desde aquesas peñas
          al valle cogote abajo.
        El ha de ser un garzón
        entre lampiño y barbón,
        .... [-ajo];
          que tieso lo pisa y huella,
        y al revés de los cristianos,
        tiene dos pares de manos
        y sin sangre las desuella;
          en lo demás muy buen hijo,
        pues cuando del puesto abaja,
        por quitarme allá esta paja
        no da menos que un sortijo.

Muéstrasele

GONZALO: Éste es suyo.
EGAS: Y éste el conde.
ALFONSO: Pues, amigos.
GONZALO: Gran señor,
        el pozo tras el temor
        mas alegre corresponde
          a la esperanza y deseos;
        los pies pido que nos des.
BRITO: ¿Para qué querrán los pies?

ALFONSO: Perdíme entre los rodeos
          de este bosque y selva espesa.
EGAS: Vuestra alteza, conde, ha dado
          un susto a nuestro cuidado.
BRITO: ¿Que se llama Cosme Artesa?
          Sabrélo de aquí en delante.
GONZALO: Bueno Portugal quedara,
          conde infante, si os llorara
          perdido.
BRITO: ¿Cosme Elefante
          es también y Cosme Artesa?
          Tendrán por allá los hombres
          como las manos los nombres
          a pares. Señor, me pesa
          de no herle mercé enfenito;
          un pastor es ignorante,
          pues si él es Cosme Elefante
          y Artesa, siendo yo Brito,
          es siempre la gente nuesa;
          pero su perdón me dé
          que desde hoy le llamaré
          Cosme, Elefante y Artesa.
ALFONSO: Cese, don Egas Muñiz,
          la caza que Marte ensaya;
          Gonzalo Méndez de Amaya,
          Pedro Páez, Duarte Ruiz,
          logremos las esperanzas
          que el valor busca en las veras;
          si hay moros, ¿para qué fieras?
          ¿Para qué bosques, si hay lanzas?
          No cubra el orín arneses
          que la ociosidad infama
          cuando el asombro nos llama
          invencibles portugueses.

Sale don GONZALO con un escudo que tenga en campo de
plata una cruz azul atravesada, como está

ALFONSO: Dadme, Gonzalo, ese escudo;

en él mi progenitor,
por alentar mi valor,
las azules bandas pudo
    esmaltar que el blasón franco
a su ascendencia donó;
pero mi padre estimó
en más, dejándolo en blanco,
    que con victoriosas pruebas
sus hazañas laureadas,
en vez de las heredadas,
le adquiriesen armas nuevas;
    y después que éstas a luz
sacaron de esas proezas
las no imitadas grandezas,
puso la celeste cruz
    en campo de limpia plata,
en fe que Jerusalén
las suyas quiere que den
premio a quien en Damiata
    triunfó del egipcio espanto;
cruz azul, señal del celo
con que restituyó al cielo
de Dios el sepulcro santo.
    En esta cruz, pues, divina
jurad todos, yo el primero,
no desnudar el acero

Chirimias

mientras la alarbe ruina
    a mi Portugal posea,
mientras la secta lasciva
en nuestras comarcas viva.
Esto, vasallos, desea
    vuestro conde, vuestro infante,
sucesor de Enrique y nieto
de Alfonso rey.

De rodillas, cada uno la mano sobre la cruz del escudo

EGAS: Yo prometo,
          mientras adorne el turbante
            morisco la media luna,
          no desnudar el arnés.
GONZALO: Valor tengo portugués;
          yo seguire tu fortuna.
PEDRO: Lo mismo juro.
ALFONSO: Pues alto,
          lusitanos belicosos,
          despejad bosques ociosos,
          que si los muros asalto
            de Santarén, y allí dejo
          enarbolada la cruz,
          yo haré que el moro andaluz
          nos desocupe a Alentejo.
BRITO: ¿Y seré yo si le sigo;
          también valiente, señor?
EGAS: ¿No eres portugués, pastor?
BRITO: ¡Y cuómo!
EGAS: Vente conmigo,
            que el serlo sólo te basta.
BRITO: Mari Pabros, adiós, pues,
          que va Brito portugués
          a her en Mahoma casta.
PEDRO: ¡Viva nuestro conde infante,
          sol de la luz portuguesa!
BRITO: ¡Viva nuestro Cosme Artesa,
          Cosme Artesa y Elefante!

*Vanse. Salen retirándose de ISMAEL, un moro,
          doña LEONOR y una DAMA suya*

DAMA: Retírate, que se acerca.
LEONOR: ¡Que se atreviese hasta aquí
          este bárbaro!

Sale ISMAEL

ISMAEL: Perdí
       el lance. Entróse en la cerca.
LEONOR: Subamos al homenaje;
       veremos lo que este perro
       pretende.
ISMAEL: Amor, de este encierro
       sacad mi sol, que es ultraje
          que, rayo de pluma vos,
       cuando se subiera al cielo,
       no alcanzárades su vuelo.
       ¿Para qué os blasonáis, dios,
          si ni con flechas ni llamas
       habéis podido vencer
       el curso de una mujer?
       ¡Ah de mi gente!

Arriba doña LEONOR

LEONOR: ¿A quién llamas?
       Alarbe loco, ¿qué intentas?
       Este castillo, ¿no sabes
       que fía su guardia y llaves
       a un portugués que en sangrientas
          lides partió más turbantes
       que seca Agosto amapolas,
       que el Tejo se viste de olas,
       que al cielo bordan diamantes?
          ¿Sabes que es Vasco Cautiño
       su alcaide y que mi padre es?
ISMAEL: Sé que es el sol portugués
       desde que el hermoso aliño
          con que dora sus cabellos
       A los vuestros trasladó,
       para que, abrasado yo,
       fénix me consuma en ellos.

Sé que, aunque pena no os da
mi esperanza por vos seca,
sois mi Mahoma, mi Meca,
mi sol, mi cielo, mi Alá.
    Sé, en fin, siempre que os diviso,
que a unirnos el ciego dios
os preciara más a vos
que a todo su paraíso.
LEONOR: Pues ¿tus moros qué dirán
contra tu Alcorán blasfemo?
ISMAEL: ¿Qué moros, si a Alá no temo?
Vos sola sois mi Alcorán.
LEONOR: ¿Cómo a pasar te atreviste
de esotra parte del Tejo?
ISMAEL: Por ver si todo su espejo
llamas de mi amor resiste;
    mas son mis incendios tales
que, despúes que le pasé,
mi contagio le pegué,
y en vez de correr cristales
    corre llamas, todo ardores;
llamas sus vecinas ramas,
sus peces son todos llamas,
llamas sus riscos y flores.

Cáesele a LEONOR un guante

LEONOR: ¡Ay cielo! Cayóseme
un guante. Déjale, moro.

Cógele ISMAEL

ISMAEL: ¿Que le deje cuando adoro
marfil de quien funda fue?
    Cifraré en él mis venturas,
y ya que la mano no,
el telllz que la cubrió,
urna de cinco hermosuras,

plantel de tanta mosqueta,
ocaso de tanto sol,
nube de tanto arrebol,
aljaba a tanta saeta,
    mi esperanza de él vestida
será mi mayor tesoro.
LEONOR: Déjale, bárbaro moro,
que te ha de costar la vida.
        ¡Ah del castillo, ah soldados!
ISMAEL: Dile a tu Vasco Cautiño
que, mientras que con él ciño
un alma toda cuidados,
    por ser del alba española,
le procure restaurar,
que mi lanza ha de adornar
por divisa y banderola;
    que junto al Tejo, Ismael,
rey de toda Extremadura
le aguarda, que su ventura
pruebe y que venga por él.
LEONOR: No es digna suya esa empresa;
yo te quitaré arrogante,
con la torpe vida, el guante,

Tocan alarma

que soy Leonor portuguesa.

Vase. Sale ZULEMA, moro

ZULEMA: Defiende, rey invicto,
exaltación de lunas sarracenas,
tu corona y districto,
si mientras que conquistas las ajenas,
esparciendo tus copias,
no quieres esta vez perder las propias.
Alfonso Enríquez, conde lusitano,
infante de Castilla,

nieto de Alfonso sexto soberano,
hijo de Enrique, a quien postrada humilla
la cerviz arrogante
del otomano el célebre turbante,
el Tejo armado pasa
y con un escuadrón, si en suma breve,
inmenso en el valor, incendio abrasa
tus tierras, rayos ellos, ellas nieve;
y por que tu diadema le corone,
a Santarén se acerca y sitio pone.
ISMAEL: ¡Cobarde! ¿De eso muestras
el miedo infame que en tú pecho mides?
¿Anuncias dichas nuestras
y albricias no me pides,
cuando si el Tejo por su daño pasa
la dicha de tal bien se me entra en casa?
¿Nó reino en Badajoz? Extremadura,
¿no es noble herencia mía?
¿No tengo en lo mejor de Andalucía
cuanto entre valles, riscos y espesura
ciñe Sierra Morena
con más vasallos que su falda arena?
Cinco reyes con parias me tributan,
a camellos, el ámbar, oro y plata,
las bengalas, el nácar y escarlata
con que al gusano tejedor disfrutan
y entre aromas arabios
estiman en mis pies poner sus labios.
Cada cual de éstos tiene
cincuenta mil armígeros alarbes,
que si ese Alfonso viene,
los fosos, las murallas, los adarbes
cubrirán como a Ceres los manojos
de cimitarras y bonetes rojos.
Llegue ese mozo ciego;
la presunción se acerque lusitana,
que presto las orillas del Mondego,
reconociendo a las de Guadiana,
con el acero que monarca ciño,
al Tejo, juntarán el Duero y Miño.

ALFONSO:　　　Lusitanos invencibles,
　　　luz del blasón portugués,
　　　asombro un tiempo de Roma
　　　y rayos de su laurel,
　　　siempre la primera hazaña,
　　　si llega a lograrse bien,
　　　alienta con más valor
　　　las que se siguen después.
　　　Pasado habemos el Tejo;
　　　al margen hermoso de él,
　　　sobre una peña tajada
　　　se blasona Santarén
　　　inexpugnable al asalto.
　　　Deleitoso, capitel
　　　sirve a ese risco, diademas
　　　donde el sol asiente el pie.
　　　Su fundación, que compite
　　　con los tiempos, corto fue
　　　de Avidis, que agricultor
　　　heredó a Gargoris rey
　　　la corona y las hazañas.
　　　Gargoris heroico, aquel
　　　construidor de los enjambres
　　　repúblicas de la miel,
　　　aquí alimentando a Avidis
　　　con su néctar, merecer
　　　pudo a Santarén el nombre
　　　de Escalabis, esto es
　　　lo que en latín *esca abidis*,
　　　manjar de Abidis, si bien
　　　le mudó la virgen mártir
　　　Santa Inés, en Santarén.
　　　Desde el infelice godo
　　　hasta ahora lo posee

la blasfemia desbocada,
y en nombre suyo Ismael.
Descuidados tiene el ocio
sus bárbaros, y ya veis
que la presteza asegura
más victorias que el poder.
Escalémosla de noche,
por que cuando el sol nos dé
entre celajes del alba
perfiles de rosicler,
tremolando en sus almenas
la cruz que a Jerusalén
restauró mi padre Enrique,
sus lunas postre a los pies.
Pocos somos, si al asalto
cuenta del número hacéis,
si del valor infinitos,
porque cada portugués
es un ejército, un campo,
un escuadrón, un tropel
que eminentemente cifra
más héroes que Apolo ve.
Pase del sueño a la muerte
tanto Holofernes cruel;
Judit es nuestra justicia,
su alfanje en mis manos veis.
Dadme esta villa, soldados,
y con César cantaré
desde hoy, *veni, vidi, vici,*
vine; vi y llegué a vencer.

EGAS: No necesitas, gran conde,
de alientos para encender
pechos que ya son volcanes,
valor que ya es Mongibel.

GONZALO: Morir o vencer juramos,
o morir hoy o vencer.

PEDRO: Del pavés sobre sus muros,
o muertos sobre el pavés.

ALFONSO: Éstas son sus torres altas;
el escalador cordel

nos facilita el silencio.
EGAS:	¿Qué es escala o para qué?
	Arrimándome a una pica,
	talares llevo en los pies
	para volar por sus muros,
	no, huyendo para correr.
ALFONSO:	¡Oh, portugués Viriato!
	¡Oh, escuadrón invicto y fiel!
	Viva la cruz!

Tocan alarma

TODOS:	¡Viva Alfonso!
ALFONSO:	¡Viva, decid, nuestra ley!

*Desnudan las espadas y éntranse, y dicen
dentro, tocando a guerra*

MORO 1:	¡Aquí de la villa, Alarbes,
	las murallas socorred,
	que el cristiano nos la usurpa!
MORO 2:	¡Que nos entra a Santarén!

*Entrando y saliendo, pelean MOROS y
CRISTIANOS*

EGAS:	¡Ah, perros! En vuestra sangre
	pienso hoy apagar la sed
	que ha tanto que me provoca.
MORO 1:	Huye, Hamete.

Tocan alarma

MORO 2:	Huye, Muley.

BRITO: Estése quedo, le digo.
¿No hay son pegar y correr?
¡Verá la tema en que han dado!
Yo, ¿qué le he hecho?
MORO 1: Vengaré,
cristiano vil, en tu vida
tantas muertes.

Dale en el broquel

BRITO: ¿Otra vez?
¿Han vido y cómo sacude?
MORO 2: No ha de quedar portugués
que no destroce este brazo.

Dale

BRITO: Médico debe de ser;
compre mina y traiga guantes,
matará de cien en cien
con los botes de botica,
balas de pugín y hamet,
flechas de un récipe escrito,
pólvora en polvos de sen,
espátulas por espadas,
julepes de Locifer,
que yo, señor, no me purgo;
mas si purgo, acérquese,
que si el doctor cursos cuenta,
ya pasan en mí de diez.
MORO 1: Muere, perro, y no hables tanto.

Dale

BRITO: ¿Perro yo? Debe querer,
              si me mata, dar conmigo
              perro muerto a la mujer.
              Quedo, ¿no ves que soy moro?
MORO 1:   ¿Moro tú?
BRITO: Pues ¿no lo ves?
MORO 2:   ¿De Santarén?
BRITO: Sí, señores,
              moro soy de santi-amén.
MORO I: Pues ¿por qué en cristiano traje?.
BRITO: Estuve al cabo una vez,
              y prometíle a San Roque
              o a su perro de traer
              esta ropa un mes entero.
MORO 2:   ¡Oh, blasfemo!

Dale

BRITO: Pues un mes
              el hábito no hace al monje.

Salen don EGAS y don ALFONSO

EGAS: Gracias al cielo se den,
              que ya es Santarén cristiana;
              ya Sïón, si fue Babel.
ALFONSO: Ea, don Egas Muñiz,

Vase el un MORO

¡viva nuestra santa fe!

Vase don ALFONSO

BRITO: Señor don Agraz Muñoz,

socórrame su mercé,
que este moro da en pegarme
sin por qué ni para qué.
EGAS: Pues ¿por qué tú no le matas?
BRITO: Nunca en el quinto pequé
ni he aprendido a matar galgos,
porque no son de comer.
EGAS: ¡Ah, cobarde!
BRITO: ¿Qué quería?
EGAS: ¿Eso dice un portugés?
BRITO: Péguelos en caperuza,
quizaves me avezaré.
EGAS: Pues mira, así has de matarlos.

Dale al MORO

MORO 1:   ¡Válgame Mahoma!

Cae muerto dentro

BRITO   Amén.
EGAS: De este modo se pelea.
BRITO: ¿Y este murió?

Tocan alarma

EGAS: ¿No lo ves?
BRITO: Muerte ha sido sopitaña,
no hiciera más a traer
el alma el moro a la posta;
pero, aguarde, y le daré
al primero que topare,
como a esotro, pan y nuez.

*Tocan alarma. Salen otros MOROS todos
peleando*

MORO 2:   ¡Yo venderé bien mi vida!
BRITO: Pues yo vos la compraré.

Dale BRITO, y cae el MORO dentro

MORO 2:   ¡Ay, Alá!
BRITO: Lo que hay allá,
              perrengue, es resina y pez.

Riéndose

              Pardiez, que caen como moscas;
              si sale otro volveré
              a asegundar coscorrones.
MORO 3:   La vida llevo a los pies.
BRITO: Si vos libráis de mis manos.

Dale y cae dentro

MORO 3:   ¡Muerto soy!
BRITO: ¡Zape! ¡Pardiez
              que tras esta matación
              las manos me he de comer!
              ¿Que aquesto era matar moros?
              De aprendice puedo ser
              protomédico de galgos;
              pués yo os juro, a non de diez,
              que yo desemperre a España.
TODOS: ¡Victoria!
GONZALO: Ciña el laurel
              tus sienes, Alfonso invicto.

*Éntranse. Salen tres MOROS contra
BRITO*

MORO 2:   Rayo es este portugués.
          Huir, moros, de su furia.

Huyen

BRITO: De mis manos no podréis,
          porque estó engolosinado.
MORO 1:   Uno es solo y somos tres;
          pues la fuga nos impide,
          ¡a él, amigos!

Tocan alarma

TODOS: ¡A éll
BRITO: ¿A mí, alcurcuces, a mí?
          Pues agora lo veréis.

*Mételos a cuchilladas y tocan al
arma*

FIN DE LA PRIMERA JORNADA

JORNADA SEGUNDA

*Salen don EGAS Muñiz y don
GONZALO*

GONZALO: Nuestro conde infante es santo,
porque no es inconveniente
ser religioso y valiente.
EGAS: Séalo, pero no tanto
que le lleven a su coro
los canónigos seglares
y las armas militares,
que son espanto del moro,
cubra la sobrepelliz
cada noche en los maitines.
GONZALO: Ansí consigue sus fines
dichosos, Egas Muñiz.
La espada y la disciplina
hacen una consonancia
de milagrosa importancia.
David era en Palestina
el más bélico monarca,
y entre sus triunfos diversos
cantaba salmos y versos
danzando delante el arca.
La Efod que se vestía
era lo mismo que ahora
la sobrepelliz. No ignora,
quien sabe su valentía
que él mismo, hablando con Dios,
dice que se levantaba
a media noche, y cantaba
sus loores. Juzgad vos
si es bien, cuando este interés
nos postra rendido al moro,
que Alfonso en el campo y coro

sea David portugués.
EGAS: Basta haberle edificado
al cielo tanto convento
para obligarle que atento
su vida ampare y estado.
   El célebre monasterio
de Santa Cruz de Coimbra,
cuando conquistó a Cecimbra,
y del africano imperio
   sacó a Elvas, al Francoso
Serpa, Corbele, Alanquer
y otros mil que en su poder
hacen su nombre famoso,
   fundó rico con las rentas
que a sus canónigos dio
cuando a Santarén cercó;
haciendo con su Dios cuentas,
   ofreció por su conquista
al santo de Claraval
para un monasterio real,
cuanto alcanzare la vista
   desde una cuesta eminente,
los campos y posesiones,
siendo sus ojos mojones
de esta fábrica excelente.
   Mil monjes ahora encierra
este edificio gallardo.
Obligado San Bernardo
a patrocinar su guerra
   y a alcanzarle sus victorias,
desde Francia, donde vive,
le comunica y escribe:
materia dé a las historias
   nuestro Alfonso con la espada,
y los monjes del Cistel
recen y canten por él;
allá María elevada,
   y Marta acá solicite
con las manos el acero.

Sale don ALFONSO Enríquez y trae puesto sobre
las armas un roquete, y don PEDRO

ALFONSO: Egas Muñiz, lo primero,
   porque amparo os facilite,
     es Dios, que lición nos da
   de que su reino busquemos
   y por él conseguiremos
   lo demás, porque será
     desdoro de un rey, que esfuerza
   con oraciones su celo,
   conquistar primero el cielo
   si el cielo parece fuerza.
     No se proporcionan mal
   ni el tiempo se desperdicia
   con la terrestre milicia
   la milicia celestial,
     ni del valor portugués
   será acción menos feliz
   con Dios la sobrepelliz
   que con el moro el arnés.
     Lo uno y otro al cielo agrada
   alentando el corazón,
   con Moisés en la oración.
   y Josué con la espada,
     porque ésta sola promete
   .... [-oto]
   poca dicha. Éste es mi voto
   y quitarme este roquete,
     que desde el coro dirige
   el cielo mejor mi estado.
EGAS: Yo hablé, en fin, como soldado,
   sin saber lo que me dije.
     Pelead--¡cuerpo de Dios!--
   y rezad también, Alfonso,
   con la espada y un responso
   huirá el morisco de vos.
     Comunicad serafines
   entre monjes en el coro,

y acobardaráse el moro
mientras vos cantáis maitines,
   que yo desde ahora os juro
seguir siempre vuestro lado
engerto en fraile y soldado.
ALFONSO: Y yo el premio os aseguro.
         Pero ¿qué es esto?

Tocan un clarín y sale poco a poco ISMAEL
sobre un alazán, con adarga y lanza, y en el extremo de
ella, en lugar de banderola,
el guante de doña LEONOR

PEDRO: La vega
         mide un moro airoso y fiero
         sobre un alazán ligero.
EGAS: Hacia nuestros muros llega.
ALFONSO: ¡Bizarro alarde!
EGAS: ¡Infelice!
         a lo menos, si me aguarda.
ALFONSO: ¡Presencia ostenta gallarda!
         Veamos lo que nos dice.

ISMAEL: Conde Alfonso lusitano,
         que del árbol borgoñón
         blasonas ser rama ilustre;
         pimpollo de aquella flor
         que pone Francia en sus armas,
         nieto de Alfonso, león
         que, conquistando a Toledo,
         se intitula emperador;
         a Santarén me ganaste,
         no de valor a valor,
         precediendo desafíos
         y partiendo el campo el sol,
         sino hurtando a las tinieblas
         la enlutada confusión
         de noche, más que soldado,
         codicioso escalador.

Préciate de la conquista
que su descuido te dio,
pues huye siempre las luces
el pirata y salteador;
que yo, no con los engaños
del silencio obscuro, no
cohechando al sueño perezas,
tapando al bronce la voz,
sino en la mitad del día,
solo, si es que solo estoy
cuando cuantos héroes viven
me llanian su comprehensión,
a vista de esos cobardes,
tímido y breve escuadrón
que de Ulises descendiente
sus ardides le heredó,
digo que asaltar murallas
de noche, sin prevención,
es infamia, es cobardía.
¡No es hazaña, no es valor!
Ismael, me tiembla el orbe;
rey me llama Badajoz,
su príncipe Extremadura;
la Vandalia su señor.
Sólo domina en mi pecho
hermosa constelación,
una beldad portuguesa,
feliz, pues su esclavo soy;
doña Leonor es, Cautiño,
porque sola tal Leonor
por lo que de leona tiene,
amansara tal león.
Conde, suyo es este guante,
del muro se le cayó,
en mi fe de más estima
que de Asia la posesión.
El castillo de Palmela,
con las llamas de mi amor
conquisté, dando a su alcaide
honras por matarle yo.

Llevéme a Leonor conmigo
imperiosa su prisión,
pues, cautiva, la obedezco
pues me vence vencedor.
Yo he jurado a su hermosura,
si en vosotros hay valor,
por cada dedo del guante
un portugués, el mejor.
De esta prenda y de su dueño
será la restauración
el que a vencerme se obligue,
uno a uno o dos a dos.
Al extremo de esta lanza
sirve de airoso pendón.
Rescatadle, portugneses
que salvoconduto os doy
para los campos de Obrique,
donde Marte convocó
cinco ejércitos alarbes
de quien rey unico soy.
Doscientos mil africanos
enjambres inmensos son
que al Tejo el cristal agotan,
al valle y monte la flor.
Cobardes, alli os espera
Ismael, Marte español.
Parca que os hiela las vidas,
rayo que Arabia forjó,
segundo Alá, otro Mahoma
de Alcides competidor,
pestilencia del bautismo,
de su iglesia contagión,
cuchillo de portugueses,
Atila, azote de Dios
y Ismael, que vale más
que el cielo, que Alá, que el sol.

Vuelve a tocar el clarín. Vase
ISMAEL

EGAS: Frenético, espera, arguarda.
ALFONSO: Dejad que al cielo Nebrot
        quimerice Babilonias,
        llorará su confusión.
        Las manos y no las lenguas,
        amigos, en la ocasión
        precisa consiguen triunfos
        y dan asiento al valor;
        de lengua es forma la espada,
        vocinglero el vil temor;
        espere en su muchedumbre
        que yo solo espero en Dios.
        Trece mil soldados tengo,
        cada cual un Cipión,
        un portugués Viriato
        un Hércules vengador;
        doscientos mil los infieles
        --¡numerosa ostentación!--
        ceros que por sí con nada,
        mosquitos de Faraón.
        Lusitanos, ¡alto, a Obrique!
        Que cuanto fuese mayor
        la suma de los contrarios
        tanta más ganancia os doy
        de su despojo y riquezas.
        La cruz es nuestro blasón,
        armas que dio a Portugal
        mi excelso progenitor;
        con su señal Constantlno
        los tiranos debeló;
        su mesmo celo me guía,
        yo conde, él emperador;
        la victoria tenéis cierta.
GONZALO: ¡Oh, gloria de tu nación!
        Al arma, gue la fortuna
        de César llevamos hoy.

Tocan alarma. Vanse, si no es don
EGAS

EGAS: ¿Cautiva mi Leonor? ¡Cielos!
             ¿Presa la beldad que adoro,
             usurpador suyo un moro,
             y ya africanos mis celos?
                Eso no, mientras yo viva,
             que es oprobio portugués.
             Yo haré que postre a los pies
             de mi adorada cautiva
                la alarbe y torpe cerviz
             el sacrílego arrogante.
             Yo haré finezas de amante
             y hazañas de Egas Muñiz.
                Salvoconducto me da,
             mas quien torpe desatina
             sin guardar la ley divina
             mal la humana guardará;
                juntemos la industria, pues,
             al valor para librarla;
             hoy tengo de restaurarla,
             o no seré portugués.
                El artificlo me ofrece
             un discreto estratagema.

                    *Sale **BRITO***

BRITO: Estése el perro en su tema;
             que yo me estaré en mis trece.
                Yo le juro a non de tal
             que si el guante le quitó
             el galguicuzcuz, que yo
             desagravie a Portugal.
EGAS: ¿Qué es eso, Brito?
BRITO: Sentir
             que un morillo desafíe
             a nueso conde, y que críe
             humos, que le han de salir
                en el alma, si yo puedo.
EGAS: ¿Viste al bárbaro Ismael?
BRITO: Vi que en su lanza la piel

o el guante, por cada dedo
   a su fembra ha prometido
una cholla portuguesa,
y ¡voto al sol que me pesa
que se nos haya escorrido!
   ¿Cinco cabezas barbadas?
Pues, con ellas, ¿qué ha de her
la Leonor? Debe querer
madurarla a cabezadas.
   Yo quedé tan golosmero
después que a lidiar aprendí
por vos, que no estaré en mí
hasta her un matadero,
   do por arseldes se pese
carne mora.

EGAS: ¡Desatino!
BRITO: Mas huyendo del tocino
   Barrabás que la comiese.

EGAS: ¡Atreveráste tú a hacer
   conmigo una honrosa empresa?
BRITO: Si es la Leonor portuguesa
y bondara ser mujer;
   ¿qué aguardamos vos y yo
que no la descautivamos?
EGAS: ¡Oh, Brito animoso! Vamos.
BRITO: Desque el conde se quitó,
   al encontrarle en la sierra
sin cochillo, ni ganzúa,
lo que llamáis guante o lúa,
piel en paz, malla en la guerra,
   cuidando yo que la mano
entonces se desollaba,
mal con los guantes estaba;
mas agora que este alano
   Ismarrel tanto le estima
que mos desafía por él,
desollándole la piel
que trae el mastín encima,
   la he de convertir en guantes.
EGAS: Arábigo sé escribir

y en hábito hemos de ir
de moros.
BRITO: Haya turbantes,
    almalafas, alquiceles,
y déjame a mí con él.
EGAS: ¿Te atreverás a Ismael?
BRITO: Y a una recua de Ismarreles.
EGAS: Pues sígueme, que si engañas
su atención, en mis venturas
probarás que sin locuras
nunca el amor logró hazañas.
        De moro te vestiré.
BRITO: Con tal que haya sopa en vino,
porque sin él y tocino
desde aquí desmórome.

Vanse los dos. Sale doña LEONOR llorando, e
ISMAEL saca el guante de doña LEONOR

ISMAEL: Tu conde me vio en su vega
hacer de esta prenda alarde,
y a su ejército cobarde,
no sólo el combate niega,
    mas, multiplicando miedos,
las caras descoloridas
tiemblan de ver que sus vidas.
tu guante les mida a dedos.
    Si estas finezas merecen
en tu cielo algún agrado,
serenándose el nublado
que sus rayos entristecen,
    alcance yo sin enojos,
sin desdenes, sin agravios,
una razón de tus labios,
un resplandor de tus ojos.
    Y advierte, Leonora mía,
que si con rigor pretendes
helar mi fuego, le enciendes
con más rebelde porfía.

Finge de burlas favores,
podrá ser que de esta suerte
más tibio llegue a quererte
que duplicando rigores,
    porque en la amorosa escuela,
la que por sus cursos pasa,
con hielos dicen que abrasa,
con llamas dicen que hiela.

LEONOR: ¿Posible es, torpe homicida,
que tu ciego frenesí
ose a amar a quien por ti
llora a su padre sin vida?
    Dame sepulcro con él;
rasga, tirano, este pecho
y habrás a mis ruegos hecho
una finesa crüel,
    una piedad rigurosa,
y si mis súplicas sigues,
una acción con que me obligues
en la otra vida.

ISMAEL: ¡Qué hermosa!
La aurora de tu semblante
vierte perlas. Si enloqueces
cuando llorando amaneces
cada aljófar un diamante,
    ¿qué hicieras perdido el ceño
con que eclipsas su arrebol
amaneciéndome el sol
en dos orientes risueños?
    Tu padre murió a mis manos,
mas sírvate de consuelo
que he de conquistar el cielo
vencidos los lusitanos.
    Mi valor a cargo toma,
si su pavimento piso,
que goce a Alá en su paraíso
a la diestra de Mahoma;
    yo haré que con él dispense
el haber cristiano sido.

BRITO: Héteme aquí convertido
        en morabito de Orense,
          engerto un gallego en moro.
EGAS: Ya sabes lo que has de hacer;
        no te turbes.
BRITO: La mujer
        que buscas es como un oro;
          con el mastín perrenquea.
EGAS: A buena ocasión llegamos;
        si mis ardides logramos.
BRITO: Ojalá orégano sea.
ISMAEL: ¿Quién, sin avisar primero,
        se atreve a entrar donde estoy?
BRITO: Señor, estafeta soy
        morisca, mas no arriero,
          ni en toda mi casta le hubo,
        ni quiera Dios, cuando venga
        con cartas, que oflcio tenga
        que el señor don Mahoma tuvo.
ISMAEL: ¿Cartas traes? Dime de quién.
EGAS: (Este necio lo ha de echar   **Aparte**
        a perder; quiero llegar.)

LLégase a él

        El rey de Murcia y Jaén
          y el de Córdoba te escriben.
BRITO: Sí, señor; juntos están
        con el rey de Cordobán
        murciélagos, porque viven
          de comer uvas jaenes,
        y son tres reyes de bien
        el murciélago, el Jaén
        y el cordobán.
ISMAEL: ¡Loco vienes!

EGAS: Hase, gran señor, turbado
            y gasta siempre este humor.
BRITO: Humor gasto; sí, señor;
            de una huente que han mandado
              que en aqueste brazo me abra;
            gracias a santa Locía,
            que casi casi no veía
            por un hartazgo de cabra
              que éste y yo nos dimos solos,
            y aun es dicha si lo alcanzo,
            métome, en vez de garbanzo
            toda una bola de bolos,
              y en lugar de hoja de hiedra
            traigo una resma de estraza,
            con que, aunque algo me embaraza,
            puedo tirar una piedra,
              y her que la salud asista
            en los ojos, aunque creyo
            que cuando a su merced veyo,
            tengo muy bellaca vista.

Aparte a BRITO

EGAS: Necio, mira lo que dices.
ISMAEL: ¡Salada es vuestra razón!
BRITO: Tengo la sal de un jamón,
            y cómolos con perdices.
ISMAEL: ¿Las cartas?
BRITO: Helas aquí.

Dáselas

ISMAEL: ¡Donoso talle mostráis!
BRITO: Sí, señor
ISMAEL: ¿Cómo os llamáis?
BRITO: El moro Zaquizamí.
ISMAEL: ¿Tan alto?
BRITO: En caramanchones

empleo todo mi trato,
y vuelto de perro en gato
ando a caza de ratones.
    Lea vuestra morería
para que me vuelva luego.
ISMAEL: ¿No esperaréis que a este pliego.
    responda?
BRITO: Sí, morería.
ISMAEL: ¿Es Córdoba gran ciudad?
BRITO: Sí morería.
ISMAEL: Y su rey,
    ¿no se llama Alí Muley?
BRITO: Sí, morería.
ISMAEL: Esperad.

Leyendo para sí

    ¿Qué tiene, que está en la cama
conforme me avisa aquí?
BRITO: Sí, morería.
ISMAEL: Decí,
    ¿qué mal tiene?
BRITO: Se derrama
    todo en mantas y en colchones.
EGAS: (¿Hay disparate como éste?)   **Aparte**
BRITO: Y diz que es ramo de peste
    la sarna con sabañones,
    y el reye se rasca mucho.
ISMAEL: (Éste debe de ser loco.)   **Aparte**

Aparte a BRITO

EGAS: Necio, vete poco a poco.
    en hablar.
BRITO: Yo no estoy ducho
    en esto de enfermedades;
    su morería perdone.
EGAS: (Como Brito me ocasione   **Aparte**

mientras teje necedades
  a que hable a mi Leonor,
que aún no me ha echado de ver,
comenzaré a disponer
los ardides de mi amor.

  Entreténmele, y advierte
que en el ínterin hablamos
mi Leonor y yo.
BRITO: A eso vamos.

ISMAEL: Dice Muley de esta suerte,

Lee

  "El compañero del que ésta lleva es
el moro más sabio en las   ciencias de
astrología, magia y futuros contingentes
que conoce Egipto; envíosele a vuestra
alteza para que, sirviéndose de sus
habilidades, venza con ellas lo que dudo
de sus armas, porque el conde de Portugal
tiene de su parte el valor de sus
antecesores y la fortuna de los hados.
Guarde Alá a vuestra alteza, etc.
  Muley, Rey de Córdoba."

  ¡Válgame Mahoma!
BRITO: Y lleve
por siempre jamás amén.

ISMAEL: Ven acá.
BRITO: Obedezco al ven.
ISMAEL: Habla veras.
BRITO: Pues sea breve,
          porque en hablando en joicio,
          luego me da torozón.

ISMAEL: ¿Quién es éste?
BRITO: Es un varón
          milagro del reino egipcio:
            No sabe tanto el diMúño;
          cuantos diabros el infierno
          ahucha en su huego eterno
          todos los tiene en el puño.
ISMAEL: ¿Qué dices?
BRITO: Que si le pruebas,
          tien tales encantaciones
          que hará llover naterones,
          albaricoques y brevas.
ISMAEL: Si él me supiera ablandar
          el rigor de una mujer
          que me obliga a enloquecer,
          yo le llegara a adorar.
BRITO: Si de sus artes se fía,
          déla por blanda. ¿Es aquélla?
ISMAEL: La mlsma.
BRITO: Ya habla con ella,
          porque sus cuitas sabía;
            verá cuál se la madura.

*Hablan don EGAS y doña LEONOR
aparte*

LEONOR: ¡Ay, mi don Egas Muñiz!

                moriré más infeliz
                si inventas esa locura;
                   no arriesgues vida, que estimo
                lo que mi temor recela.
BRITO: ¿No ve cómo se le enmiela?
EGAS: Leonor, en balde reprimo
                la paciencia ni el acero.
                Yo he de sacarte de aquí.
ISMAEL: ¡Vive Alá! ¡Que conseguí
                toda la dicha que espero!
                   Tan domesticada está
                con él como si los dos
                fueran hermanos.
BRITO: ¡Par Dios!
                por no decir por Alá,
                   que obrigue a una peña fría
                a que eche llamas, señor.
ISMAEL: ¿Que hará que me tenga amor
                Leonor?
BRITO: Sí, morería.
ISMAEL: Toma este anillo y cadena.

                        Dáselos

BRITO: Sí, morería, sí tomo.
                ¿Es el engaste de promo,
                que pesa más que ell arena?
EGAS: Esto tenemos trazado
LEONOR: ¡Qué buena suerte la mía!
ISMAEL: ¿Riyóse?
BRITO: Sí, morería;
                los colmillos ha mostrado.
EGAS: Disimula con el moro
                hasta que te libre de él.

                        Esto lo dice recio

LEONOR: Merece mucho Ismael.

ISMAEL: ¿Qué dijo?
BRITO: Que es como un oro
          su merced en la gallardía.
ISMAEL: Que mucho Ismael merece
          le escuché.
BRITO: Ansí me parece.
ISMAEL: ¡Gran suerte!
BRITO: Sí, morería.
ISMAEL: ¡Qué apacible y que en sazón
          habla, pregunta y propone!
BRITO: Él verá que se la pone
          más tierna que un requesón.
EGAS: ¿Oyes lo que al moro pasa
          con aquel loco?
LEONOR: Donoso
          e igualmente provechoso.
EGAS: De placer es esta casa,
          en lo despoblado está.
          Para que te saque de ella
          fíngele amor, Leonor bella.

          Llégase LEONOR al rey ISAMEL muy
                    afable

LEONOR: ¡Mi rey!
ISMAEL: ¡Soberano Alá,
          que a oír tal he merecido
          al sol que el alma ofrecí!
BRITO: ¿Mi "re" dijo? Hétele el "mí."
          soberano Alá te he oído.
          Hétele también el "la."
          "Sol" la llamaste después.
          Hétele a amor portugués
          con su "re, mi, fa, sol, la."
EGAS: Señor, yo que por mis ciencias
          de tu amorosa fatiga,
          supe el incendio que obliga
          a apacibles impaciencias,
          vine a servirte de modo

que ya es tuya Leonor bella;
pero si a solas con ella
nos dejas, para que en todo
  se te rinda este diamante,
tu esperanza lograrás,
en especial si me das
por sola una hora su guante,
  que impide por él el hado
lo que el arte facilita,
porque sus efectos quita
cualquier favor violentado.
ISMAEL: Toma el guante, el alma toma.

Dásele

BRITO: (Tened, el perm, por cierto   **Aparte**
        que vos damos perro muerto.)
ISMAEL: Tú serías mi Mahoma,
        mi Alá, si me consintiese
        que una mano la besase.
EGAS: Hasta que el término pase,
        no es posible.
BRITO: En seco bese,
        chero decir, desde ahí,
        que según *unum modernum,*
        non besabis in aerternum.
ISMAEL: No lo entiendo.
BRITO: Hablan ansí
        nigromantes motilones.
ISMAEL: Luego ¿tú nigromancía
        estudias?
BRITO: Sí, morería.
        Mire, do hay pares hay nones,
        chero decir, que preñada
        una mujer, o se muere
        o habrá pares; si pariere,
        y habrá nones que es nonada
        para vuesa morería,

como no tempre pesáres
aguardándose dos pares
de horas, hasta el mediodía,
   que es cuando cesan los nones,
y toca a nona el donado;
mas habiendo los dos dado,
que en todos los ésquilones
   cuando dan dos dan un par,
cesan entonces azares,
porque, en fin, los dos pares,
si no llegan a parar,
   ¿cómo tienen de parir
el efecto del planeta,
ni comprirse la receta
de su amor?   ¿Chérelo oír?
   Pues venga a her. Esta mujer,
¿no es nones? Sí, porque es una,
y con pares no hay ninguna
hasta que llega a parir;
   él, aqueste moro y yo
somos tres, no somos nones;
en esto no hay opiniones,
pues si el nones engendró
   la nonada, oiga estos puntos,
hasta que lleguen a estar
hombre y mujer hendo un par,
y no todos cuatro juntos,
   si no le ama sí se queje;
pero vuélvase después
que nones quedamos tres,
y como a los tres mos deje,
   después de la nona dada,
si vuelve a sus aficiones
ya se habrán ido los nones
y parará el par en nada.
   Esto enseña la escretura,
que entre sus negros Macías
mordió el gigante Golías,
Galeno y Nuño Rasura.
ISMAEL: Los principios de una ciencia

son obscuros de saber;
no te he podido entender.
EGAS: Pues, señor, es evidencia
todo cuanto te ha explicado,
mas como son rudimentos,
de nuestros encantamentos,
está su estilo intrincado.
Vuelve aquí dentro un hora,
lograréis gustos los dos.
LEONOR: Querido Ismael, adiós.
ISMAEL: Adiós. ¿Volveráste mora?
BRITO: Conforme huere el moral.
ISMAEL: Adiós, luz de mi esperanza.

Vase ISMAEL

BRITO: Si mora dice tardanza,
vendrá a ser mora, y qué tal.
EGAS: A caballo.
BRITO: No hay si dos...
EGAS: Vendrá en mi gropa;
yo Jove, Leonor mi Europa.
BRITO: Pues galguimorisco, adiós.

*Vanse. Suben desde el tablado a caballo los tres,
ella a las ancas del de don EGAS y salen a las voces del moro
ISMAEL y otros, y puédalos seguir a caballo y escaramuzar.
Habla BRITO adentro*

BRITO: Aprisa, que mos espía
un perro, y temo que lluevan
virotazos.
ISMAEL: ¡Que nos llevan
a Leonor!
BRITO: Sí, morería.
ISMAEL: Seguidlos, vasallos míos;
volad, cual vuelan mis celos.
¿Sufriréis, ingratos cielos,

tal burla?
BRITO: Sí, moreríos.
ISMAEL: Corred, que queda abrasada
el alma entre mis pasiones.
BRITO: Acá corremos los nones,
y allá vos cupo nonada.
ISMAEL: ¡Tocad al arma, africanos!

¡Mis ejércitos juntad!
¡Por Alá eterna deidad
que he de hacer en los cristianos
   tal destrozo, que no quede
memoria de su bautismo.
De incendios soy un abismo,
sufrirme el mundo no puede;
   abrase la llama mía
cuanto el sol con rayos doma.
BRITO: Perrazos, ¡cola Mahoma!
ISMAEL: ¿Hay más mal?
BRITO: ¡Sí, morería!

FIN DE LA SEGUNDA JORNADA

JORNADA TERCERA

*Salen marchando don **ALFONSO** Enríquez, don
EGAS, don **GONZALO**, don **PEDRO** y los más cristíanos que
pudiesen*

ALFONSO: No marchen más, hagan alto.
TODOS: Hagan alto.
ALFONSO: Aquéstos son
 los campos que mi nación
 llama de Obrique. En el alto
  cerro que mi gente agora
 ciñe, y el sol siempre adula,
 cuya cumbre se intitula
 "Cabezas del Rey," mejora
  de sitio nuestro pequeño
 ejército. Trece mil
 somos no más contra el vil
 ismaelita. Ya mi empeño,
  portugueses valerosos,
 de suerte adelante está,
 que el retirarnos será
 descrédito. En tan forzosos
  lances, contra tanta suma
 de infieles como nos cerca,
 tal vez el ánimo merca
 dichas que jamás consuma
  el tiempo. Vuestro consejo,
 con todo eso necesito,
 vuestro valor solicito;
 cada cual es un espejo
  de la fe que defendemos,
 de la fama que intentamos.
 Los capitanes estamos
 juntos aquí; consultemos
  lo que en tan preciso caso

cada uno siente y desea;
pero con tal que no sea
dar atrás un solo paso.
GONZALO: Gran señor, temeridades
que traen consigo imposibles
causan desastres terribles
y anuncian adversidades.
    Cinco ejércitos están
a nuestra vista de infieles;
contra tantos, ¿qué laureles
trece mil conseguirán?
    De doscientos y cincuenta
mil moros consta el blasfemo
campo, que de extremo a extremo
sumas que agotan su cuenta,
    cubren valles y collados,
como nosotros nacidos
en nuestra España, escogidos
y en guerra experimentados,
    veinte mil moros le toca
a cada cual portugués,
que aunque de manos y pies
se la ataran, a la poca
    gente que la cruz ampara
de tus leales vasallos,
sólo para degollallos
tiempo y manos nos faltara.
    Extiende, señor; los ojos
por los campos, verás olas
moriscas más que amapolas
llenos de bonetes rojos;
    tentar a Dios no es cordura;
acometer, perdición;
morir, desesperación;
buscar milagros, locura.
    Todo tu ejército pierde
el ánimo, y no me espanto,
porque entre bárbaro tanto,
que agosta su sitio verde,
    cuando cada moro arroje

sólo una flecha no más,
¿cómo resistir podrás
doscientas mil? No te enojes,
　pues pides mi parecer,
que mi lealtad te aconseje
que aquesta empresa se deje,
pues a veces suele ser
　más valor el retirarse
que alcanzar mucha victoria.
ALFONSO:　　Diga Muñiz.
EGAS:　　　　　Si es notoria
la pérdida, el despeñarse,
　gran señor, no es valentía;
aguardemos que se ausente
el sol, y entonces tu gente,
sin manifestarla él día,
　podrá entrarse en Santarén,
que si el moro la cercare,
lo que su sitio durare,
como avisados estén
　el de Castilla y León
con el navarro, no hay duda
que vengan en nuestra ayuda
sin que falte el de Aragón;
　y entonces a la campaña
podrás seguro salir,
y victorioso lucir
la restauración de España.
　Demos al tiempo lugar,
si admites mi parecer,
que el dilatar no es temer,
prudencia, sí, el conservar.
PEDRO:　　Esto tu ejército pide,
esto tu gente responde.
UNOS:　　Retirar, excelso conde.
OTROS:　　Retirar.
ALFONSO:　　　Cuando se mide
　con recelos aparentes
lo que el temor dificulta,
rara vez de la consulta

salen acciones valientes.
　　Algo habemos de dejar
a la Fortuna, soldados;
mas ya estáis determinados
al huir o al retirar,
　　déjenme solo en mi tienda,
que otra consulta me falta
más útil, cuanto más alta.
Cuando sus horrores tienda
　　la nocturna obscuridad
a juntaros volveré,
y entonces abrazaré
lo que vuestra voluntad
　　resolviere.
EGAS:　　　　　　Gran señor,
Santarén es una villa
inexpugnable.
ALFONSO:　　　　Esa silla
me acercad.
PEDRO:　　　　Tiempo mejor
　　el cielo te ofrecerá.

Asiéntase ALFONSO

ALFONSO:　　Dadme esa Biblia y dejadme
　　A solas. Egas, cerradme
　　la tienda.
EGAS:　　　　Cerrada está.

*Vanse, dejando solo al conde ALFONSO, asentado con la
Biblia en las manos*

ALFONSO:　　　A aconsejarse con vos
　　mi fe, libro santo, viene,
　　pues cuanto en vos se contiene
　　te escribió el dedo de Dios.
　　Consultémonos los dos,
　　que por la parte que abriere,

lo que primero leyere
eso tengo de seguir,
que vos no sabéis mentir
ni errará quien os creyese,

Ábrela y lee

"Hi in curribus et hi in equis:
autem in nomine Domini Dei nostri
invocabimus."

¡Qué pronóstico, aunque breve,

tan propicio a mi valor.
Aliéntame el rey cantor
en el salmo diez y nueve;
dice que el alarbe aleve
y los que nos desafían,
en las máquinas se fían
de sus carros y caballos,
y en multitud de vasallos
que contra el bautismo envían;
    mas porque ningún siniestro
riesgo nuestra dicha asombre
invocaremos el nombre
del grande Señor, Dios'nuestro.
¡Oh profeta, rey, maestro
de la milicia mayor,
vos nos quitáis el temor,
nuestras medras confiamos,
en el nombre que invocamos
de nuestro Dios y Señor.

Lee

"Ipsi obligati sunt et ceciderunt:
nos autem surreximus et erecti sumus."

59/83

Prosigue el profeta santo:
"Ellos nos acometieron,
pero postrados cayeron
entre el horror y el espanto;
nosotros, que a nombre tanto
como el de Dios aplaudimos,
restaurándonos vencimos,
sus escuadrones postramos,
triunfantes nos levantamos,
y blasfemos oprimimos."

Lee

*"Domine salvum fae regem: exaudi
nos in die, qua invocaverimus te."*

Remata el salmo pidiendo
que libre al rey que le invoca,
que el corazón en la boca
el alma le está ofreciendo.
Yo de esta suerte lo entiendo,
que le dé audiencia en el día
que invocándole se fía,
no en las armas, que es en vano,
en el nombre soberano
de Jesús y de María;
que al rey conserve seguro
pide el huésped de Sión.
No soy rey yo, ni blasón
tan arrogante procuro,
conde sí, defensa y muro
de Portugal, Dios su dueño,
que de tan preciso empeño
tiene de sacarme airoso.
¡Oh, cansancio fastidioso,
venció mi sentido el sueño!

*Duérmese. Tocan al arma y dicen dentro los
versos siguientes y sale después GERALDO con el traje que en*

UNO: ¡Al arma, invencible Alfonso!
    Que el ejército morisco
    asalta nuestras trincheras.
TODOS: ¡Al arma!
ALFONSO: Nombre benigno,
    nombre de Jesús glorioso,
    aceite en tierra vertido
    por la ingratitud hebrea,
    siendo la cruz vuestro olivo,
    favoreced nuestro celo.
GIRALDO: Detente, joven invicto,
    sosiega el pecho y repara
    si acaso otra vez me has visto.
ALFONSO: ¡Óh, senectud milagrosa!
    ¿No eres tú el que entre los riscos
    andando yo derrotado,
    tesoro te hallé escondido;
    el que, con sabios consejos,
    con celestiales avisos,
    mis pasiones refrenaste
    despertando mis sentidos;
    el que, cual perla en la concha,
    en el peñascoso hospicio,
    alma de su obscuro centro,
    cerrándote en sus retiros
    me advertiste ser en vano
    buscarte hasta que el peligro
    mayor ocasión te diese
    de volver a verme?
GIRALDO: El mismo,
    el propio soy, claro Alfonso.
    Giraldo fue mi apellido,
    en la milicia estimado
    y en los yermos reducido.
    No temas la multitud
    de bárbaros, si, infinitos,

tú Alcides, ellos pigmeos,
te asaltaren fementidos.
A Senaquerib mató
el celestial paraninfo
ciento ochenta y cinco mil
blasfemos, como él asirios.
Trecientos solos hebreos
con Gedeón su caudillo,
destrozaron de Madián
los innumerables hijos;
la mandíbula, en la mano
del nazareno prodigio,
dio muerte a mil filisteos.
Dios, Alfonso, te es propicio;
cuando oigas dentro tu tienda
el favorable sonido
de una campanilla sacra,
sal al espacioso sitio
de ese campo, alza los ojos,
que cuando los tengas fijos
en esos globos de estrellas
que, engastadas en zafiros,
rosas del jardín celeste
le sirven al sol de anillos,
verás lo que a la experiencia
y a tus venturas remito.
No se atreve mi silencio
a más que esto, que no es digno
lenguaje mortal y humano
a explicar lo que es divino.
Alienta--¡oh gran portugués!--
el pecho, pues te ha escogido
la Omnipotencia monarca
para que, en futuros siglos,
por casi cien lustros tengan
sus sucesores invictos
el portugués solio regio,
ellos ramas, tú el principio.
Ya tiemblan de sus espadas
la Etiopía, junto al Nilo;

en Arabia el mar Bermejo;
en Asia, el Ganges y el Indo.
Reinará tu descendencia
hasta parar en Filipo,
segundo en los castellanos
y en el portugués dominio
primero, el sabio, el prudente,
y tras él, el santo, el pío,
tercero en los de este nombre,
heredando su apellido,
con dos mundos a sus plantas,
el cuarto, el grande, el temido.
Esto te promete el cielo,
esto en su nombre te digo;
¿quién se atreverá a tus armas,
si Dios es tu patrocinio?

Vase

ALFONSO: Profético viejo, espera;
alienten tus vaticinios
pechos que, aunque belicosos,
temen tan arduo conflicto.
¡Oh nombre siempre inefable!
¡Oh grano eterno de trigo
que en Belén, casa de pan,
de la espiga virgen quiso
nacer, para que muriendo
en heredad del bautismo,
produjese mieses tantas
como la fe ampara hijos!
Pan que maná en el desierto
tierno, sabroso y melifluo,
fortaleció cuarenta años
el pueblo fiel contra Egipto.
Pan que contra Jezabeles,
viático en el camino
de Oreb, alienta al profeta
celador y palestino,

Pan panal, que, león primero,
cordero ya puro y limpio
de la boca formidable
para Sansón almena hizo;
pan que asegura victorias,
a Abraham contra los cinco
reyes infieles, que a Lot
osaron llevar cautivo,
en vos solamente espero,
en vuestro nombre confío,
en virtud vuestra me aliento,
yo en vos y vos conmigo.

¡Ay. cielo! Ésta es la señal
que el venerable me dijo.
Salgo temblánddme el alma
al campo, aplazado sitio.
¡Qué densas obscuridades
al cielo entristecen viudos
del sol, su esposo, que a medias
parte con él luz y giros!
Pero, válgame su amparo;
un rayo cuanto benigno
luciente, sirve de Apolo
a sus cóncavos recintos,
cabellos de Ofir y Arabia
peine en el aire dormido
y entre el ocioso silencio
regocijan sus bullicios.

Suena música y sobre un trono muy curioso baje
un niño, que haga a CRISTO crucificado, con la decencia que
está advertida

ALFONSO: Ya se añaden esplendores
que en su oriente cristalino
perfilan nubes, espejos

cada cual un sol de vidrio
sobre un querúbico trono
escabel de sus vestigios,
ángeles son pedestales
de un piadoso crucifijo.

Postraos, alma; postraos, cuerpo;
ojos de este objeto indignos,
reverenciadle humillados,
que yo con la fe le miro.
CRISTO: Alfonso Enríquez, no temas
pelea, yo estóy contigo.
Si a los infieles asaltas,
vencerás en nombre mío.
ALFONSO: ¡Oh, serpiente misteriosa
de aquel metal peregrino,
humano; por mis pecados
si por vuestro ser divino,
que en el desierto de un monte
os colocan los heridos
del áspid que venenoso
irritaron vuestros vicios!
¡Oh Juez, ya todo clemencia,
que para perpetuo olvido
de las locuras humanas,
aunque al mundo habéis venido
a residenciar culpados,
sois de suerte compasivo
que os echáis a las espaldas
la vara de los castigos!
¡Oh pan que levanta el bieldo
de la cruz en fe que limpio
dice la vil sinagoga
mitamus in panem lignum.
¡Oh fruto de promisión!
Pues en vos goza el racimo

de la vid de ese madero,
la iglesia, Moisés su tipo,
exprímaos la cruz lagar,
amáseos la cruz, mi Cristo,
porque en la mesa os gocemos
juntamente pan y vino.

Los ojos en tierra

Mas no, mi Dios; no, mi amante;
no, mi bien, no necesito
veros con ojos corpóreos
mientras en la tierra vivo;
dejad que mi fe os merezca
deseándoos mis suspiros,
creyéndoos con mis afectos,
no viéndóos mis ojos tibios;
a vuestro glorioso trono
estas venturas remito,
aquí, mi Dios, se merezca
que allá os gozaré infinito.

CRISTO: Alfonso, alabo tu celo,
agradezco tus servicios,
tus afectos me enamoran,
finezas tuyas estimo;
no disminuyo tu fe,
que el haberte aparecido
en la cruz corporalmente
es por que, habiéndome visto,
te fervorice mi amor
.... [-i-o]
tú y tu gente, y animosa
postréis a mis enemigos.
Buscáronte tus vasallos,
si con temor al principio,
ya por mi de esfuerzo llenos,
porque en sus pechos asisto;
su rey han de coronarte
de Portugal; mis auxilios

son impulsos de esta acción,
no procures resistirlos.
Las armas que a Lusitania
otorga mi amor propicio,
en cinco escudos celestes
han de ser mis llagas cinco;
en forma de cruz se pongan,
y con ellas, en distinto
campo, los treinta dineros
con que el pueblo fementido
me compró al avaro ingrato,
que después, en otro siglo,
tu escudo con el Algarbe
se orlará con sus castillos.

*Desclava la mano diestra y dale la bandera con las
armas que ha de traer uno de los ángeles*

Yo te las doy de mi mano,
yo con mi sangre te animo,
yo tu estandarte enarbolo,
yo victorioso te afirmo.
¡Alfonso, al arma! Debela
a un tiempo alarbes y vicios.
Reinarás en Lusitania,
y eterno después conmigo.

Música, y desaparece

ALFONSO: Mi Dios, ¿esperanzas tales?
Tal favor, tales cariños,
¿qué no engendrarán de alientos,
qué valor no, qué no bríos?
¿Quién por otro gusto os deja?
¿Quién al amoroso silbo
de tal pastor, tal amante
no pone al mundo en olvido?

De dentro

TODOS: ¡Arma!
ALFONSO: Ya apellidan mis soldados
       el combate.
EGAS: ¡Alfonso invicto,
       al arma, al acometer!
GONZALO: ¡Muera el bárbaro morisco!

Salen don GONZALO, don PEDRO, don EGAS, y todos los
portugueses que pudiesen

PEDRO: Gran señor, toda tu gente
       pide la batalla a gritos.
       Cada cual es un león,
       si hasta aquí cordero ha sido;
       no los dejes entibiar.
ALFONSO: Hoy del Apóstol divino,
       heroico patrón de España,
       de nuestro Redentor primo,
       es el día venturoso;
       su nacimiento, festivo
       celebra la fe y la Iglesia
       lo mesmo es que su martirio.
       Tantas dichas y favores
       en un día a un tiempo mismo,
       ¿qué victorias no prometen?
       Aqueste estandarte, amigos,
       estas armas consagradas,
       que de los granates ricos
       de la redención del hombre
       púrpura eterna ha teñido,
       bajá a honrar nuestra corona
       desde el, alcázar impíreo;
       seis ángeles las pintaron,
       mi Dios su artífice ha sido.
       Venérenlas por más noble,
       de hoy más los franceses lirios,

las barras aragonesas,
los leones y castillos.
Eternizarlas promete
por años, lustros y siglos,
la omnipotencia del cielo;
quien nos las dio fué Dios mismo.
EGAS:	Pues si Dios a Portugal
con armas ha enriquecido,
rey se sigue que tengamos,
rey en su nombre pedimos.

Trompetas

UNOS:	¡Viva Alfonso, rey primero!
OTROS:	¡Viva Alfonso, rey invicto!

*Música y sube don GONZALO en un pavés,
y levántanle en alto*

GONZALO:	Portugueses, levantadle
sobre ese pavés conmigo.
TODOS:	¡Portugal por don Alfonso!
ALFONSO:	Ni repugno, ni resisto
porque sé que Dios lo ordena,
puesto que yo no sea digno.
Portugueses valerosos,
alentaos, apercibíos
para cuando nazca el sol
en brazos del alba niño
a envidiar vuestras hazañas.
TODOS:	¡Viva Alfonso esclarecido!
ALFONSO:	Mi Dios, mi crucificado,
¿qué más vivir que serviros?

Vanse. Sale BRITO de moro gracioso

BRITO:	Hambriento de carne mora,

el día que no la mato
o de engañarla no trato,
ando mustio. A la Leonora
  desemperramos ayer
y con su Muñiz está.
Cercado el moro nos ha
celoso por la mujer;
  pues antes que el sol los riscos
aforre de su oropel,
a pesar del Ismarrel
me he de almorzar dos moriscos.
  Aún me vengo enmahometado
en mi alquicel y bonete,
y con el nombre de Hamete
a su ejército he llegado.
  Dios me la depare buena;
que si a dos o tres engaño,
haremos, año, buen año
para el almuerzo y la cena;
  mas, hételos a los dos
que al cielo mi hambre pedía.

Salen un ALFAQUÍ y otro MORO

ALFAQUÍ: No escapará de este día
          el cristiano.
MORO: Siendo vos
          morabito y alfaquí,
          habráoslo ya revelado
          Mahoma.
ALFAQUÍ: De él he alcanzado
          su destrozo.
BRITO: (Perro, ansí,   **Aparte**
          pues, estaos en ese tema,
          que ambos me lo pagarés.)
          ¡Ah de los moros!
ALFAQUÍ: Quién es?
BRITO: Buzterona Alá y Salema.

¿Quién es vuesa morería
que anda a estas horas en vela?
ALFAQUÍ: ¿Quién sois vos?
BRITO: Só centinela
y hasta ahora he sido espía.
ALFAQUÍ: Yo tengo por Alfaquí
licencia.
BRITO: No se debate,
moro alfaquíes a alfayate,
de ese preito más aquí,
que ya mi enojo se apraca
y es josticia que os respete.
ALFAQUÍ: ¿Llamáisos?
BRITO: El moro Hamete.
MORO: ¿Hamete?
BRITO: Hamete y Hasaca,
porque he sido pirinola.
ALFAQUÍ: Púes bien, ¿qué nos queréis?
BRITO: Que penitencia me deis
de una culpa que, aunque es sola,
es la tal culpa mayor
que dos puños.
ALFAQUÍ: ¿Contra Alá?
BRITO: Contra allá y contra acullá,
que soy grande pecador.
ALFAQUÍ: Pues yo que soy alfaquí
y el Alcorán he estudiado,
si me decís el pecado
sabré el remedio.
BRITO: Comí
cuatro libras de jamón.
ALFAQUÍ: ¿Y qué es jamón?
BRITO: ¿Qué? Tocino.
ALFAQUÍ: Quitaos de allí.

BRITO: Y más que vino
          con chorizo, salchichón
             y una morcilla por cabo
          de escuadra, pero no fraca,
          porque dije, si se saca
          un cravo con otro cravo,
             ya que hice tal desatino,
          porque Mahoma se apraque,
          no es mucho que también saque
          un tocino a otro tocino,
             y más que hubo vino y pan.

ALFAQUÍ: Tal bebida y tal vocablo
          el Alcorán lo ha vedado.
BRITO: Si le vedó el Alcorán,
             por eso vos pido yo
          el perdón por mi dinero;
          pero decidme primero:
          Mahoma, cuando mandó
             al moro que nunca coma
          tocino, ¿por qué se ofende?
          ¿De qué manera se entiende
          el tocino de Mahoma?
             Porque hay mucha distinción;
          según lo que yo imagino,
          entre el jamón y el tocino
          y no mos quita el jamón
             el que al tocino mos quita.
MORO: Pues ¿no es una carne propia?
BRITO: Ésa es muy gentil gazopia.
          Vamos andando. Limita
             nueso profeta arriero
          todo manjar embarazo,
          el jamón es un pedazo
          y el tocino es todo entero,
             si no, escochar la razón.

Quien dice, "compre un tocino,"
entero a llamarle vino.
Quien dice, "Compre un jamón,"
  dice un pedazo, esto es vero,
y así la ley de Mahoma
manda que nadie se coma
un tocino todo entero.
ALFAQUÍ: Pues ¿quién le había de comer
entero?
MORO: (Bien lo adjetiva.)   **Aparte**
BRITO: Mahoma nunca nos priva
de lo que es fácil de hacer;
  mas de lo imposible si,
que es su ley muy apacible,
y como es tan imposible
que un tocino quepa en mí
  todo entero, hay privación
del tocino y no ha lugar
en no poderse almorzar
lo menos, que es el jamón.
  Pero dejando esto a un lado...
ALFAQUÍ: Vos blasfemáis o estáis loco.

Andando poco a poco hacia el vestuario

BRITO: Vamos andando otro poco;
el vino me da coidado,
  que es argumento distinto,
porque Mahoma en su estanco
no dijo tinto ni branco.
ALFAQUÍ: Privónos del blanco y tinto.
BRITO: Sí; mas para remediarlo
y comprir su mandamiento,
siempre que a beber me asiento
hago voto de mezclarlo,
  conque no le ofendo en nada
ni hay en qué culparme pueda,
que si el branco y tinto veda
no veda la calabriada.

MORO: ¿Adónde nos alejáis
del ejército? ¿Qué hacéis?

BRITO: Adonde, aunque más gritéis,
ningún socorro tengáis.
   Coma tocino o no coma,
alfaquín dell anticristo,
o adorar en Jesucristo
y errenegar de Mahoma,
   o aparejar el garguero.
ALFAQUÍ: Luego, ¿no eres moro?
BRITO: ¿Cómo,
si almorzándome un solomo
me bautizó un tabernero.
   Acabar, que estó de prisa,
y alargarme los gaznates.
ALFAQUÍ: Cristiano soy, no me mates.
BRITO: Pues quedárseme en camisa
   que ese ropaje es morisco
y quien cristiano ha de ser
cristianas tien de traer
las ropas.
MORO: ¿Y éstas?
GRITO.   Al cisco.
        Acabemos.
ALFAQUÍ: ¡Que al fin pudo
burlarnos un portugués!
BRITO: ¡Ropa afuera! ¡Acabar, pues!
ALFAQUÍ: Ya acabo.
MORO: Ya me desnudo.

BRITO: Hasta quedar en pelota.
¿Qué hay en este borujón?
Un pedazo es de jamón.

Sigan. ¿Y estotro? Una bota.
  Pues, hipócritas, picaños,
alcahuetes de la gula,
¿jamón y vino sin bula?
¿sois vosotros ermitaños?

Tráiganlo al cuello debajo de la
ropa

  Buenas reliquias al cuello
contra los rayos colgáis;
por Dios, si no os bautizáis,
que os he de pringar con ello.
  Éntrense en esa bodega
donde moros deposito
a quien ropa y vidas quito;
que si cada cual me ruega
  que le deje cristianado,
un tabernero vecino
lo hará, pues, bota y tocino
es tenerlo más andado.
  Entrar, señor alfaquín,
mientras con llave los cierro.

Dales

ALFAQUÍ: ¡Mahoma!
BRITO: ¿Qué dice el perro?
MORO: ¡Alá!
BRITO: ¿Qué gime el mastín?
  Galgos, entrar y chitón,

Éntranse

mientras hacer determino
gorgoritos con el vino,
pinitos con el jamón.

ALFONSO: Cumplir las obligaciones
del alma en primer lugar,
animosos portugueses,
y alcanzaréis lo demás.
EGAS: Ya todos, rey generoso,
confesados, llorado han,
sus culpas y en el convite
incruento del altar
han recreado las almas.
ALFONSO: Pues en fe del sacro Pan,
Sol que entre nubes se absconde,
Ambrosía celestial,
Cordero cuando Pastor,
Amor que acechando está
por viriles y canceles
de ese cándido cristal,
la victoria os aseguro.
Dioses sois si a Dios lleváis.

Sale ISMAEL con alfanje y adarga

ISMAEL: Alfonso desvanecido,
rey de un instante no más,
que te coronaste anoche
por que llegues a juntar
el laurel a tus cipreses,
los gozos con el pesar,
¿qué esperas que no te rindes?
Cercado, mísero, estás
de trescientos mil infantes,
tigre hambriento cada cual;
no necesitan de flechas,
no de alfanjes que esmaltar
en sangre que el temor hiela,

que a soplos os matarán.
Yo mismo vengo en persona,
compasivo de tu edad,
a que uses de mi clemencia,
acción que no hice jamás.
Dame a Leonora por dueño,
desocupa a Portugal,
niega la ley del bautismo,
sigue la de mi Alcorán,
casaréte con Celima,
deuda mía, y poseerás
a Jerez de Extremadura
en dichosa y quieta paz.
ALFONSO:	¡Oh, bárbaro descreído,
que, descendiente de Agar,
su esclavitud, es tu herencia,
pues ella lo fue de Abrahán!
¿Tú persuadirme a que siga
la secta torpe y bestial
de tus bárbaros errores,
de tu profeta infernal?
Saca el frenético acero,
que presto en éste verás
cuán poco te favorece
tu blásfema impunidad.
ISMAEL:	Aguarda, desvanecido.

Pelean los dos

Mis alarbes, ¿qué esperáis?
Segura tenéis la presa;
sino es que saben volar,
no se os irá de las manos.

Tocan al arma

ALFONSO:	Ea, héroes de Portugal,
¡cierra España, Santiago!

¡Que en su fiesta peleáis!

*Peleando entran; y salen ALFONSO peleando, EGAS
contra los Moros y peleando se entra, luego sale doña LEONOR
peleando, lo mismo los demás*

MORO: ¡Viva Ismael invencible,
           nuevo sol, segundo Alá,
           competidor de Mahoma!
OTRO: Aquí de nuestro Alcorán;
           que este prodigio del cielo,
           este español Anibal,
           este Hércules portugués
           es de bronce.
LEONOR: Hoy vengarán
           mis enojos a mi padre.
           Canalla torpe, esperad
           a una mujer portuguesa,
           porque a sus pies advirtáis
           que hay Semíramis cristianas,
           que amazonas castas hay,
           que hay en Portugal Minervas,
           prodigios de nuestra edad.

*Éntrase tras los MOROS, y sale GIRALDO
peleando con el mismo traje*

GIRALDO: En defensa de la cruz,
           justo es, canas, que volváis
           al ya jubilado acero,
           pues Dios aliento nos da.

*Vase peleando. Sale don ALFONSO con la bandera de
sus armas siempre, y don EGAS contra los MOROS, y éntrese
don ALFONSO peleando y también los demás
Portugueses*

ALFONSO: Ea, valiente Muñiz;
            ea, valeroso Páez;
            fuerte Amaya, Fría, Coutiño,
            Viegas noble, destrozad,
            romped, seguid los infieles.
            Hierba es inútil que está
            esterilizando torpe
            la católica heredad.
            Segadores de la iglesia
            sois, su cizaña arrancad,
            que Dios, padre de familias,
            os apercibe el jornal.
            De sus llagas soy alférez,
            Cristo es nuestro capitán,
            ¡vivan con tanto caudillo
            las quinas de Portugal!

BRITO: Pollos con agraz por julio
           diz que es sabroso manjar;
           pues en el temor sois pollos
           yo he de poner el agraz.
           Vaya agora aqueste grumo.

Dales y caen

UNO: ¡Ay, Mahoma!
BRITO: ¡Y como que hay!
           Hendo buñuelos de azufre
           en el entresuelo está.
OTRO: Huye de este fiero lobo.
BRITO: No por ahí, por acá:

Acuchilladas los mete en la cueva

métanse en la ratonera
donde los chero embolsar
para her de ellos baratillo.
Aquéste se llama ¡zas!

Dales

OTRO: ¡Alá,,favor!
BRITO: Allá busca,
pues por aquí van allá.

*Éntranse peleando. Salen todos de
marcha*

ALFONSO: Murió el blasfemo Ismael.
TODOS: ¡Victoria por Portugal!
ALFONSO: ¡Victoria por. nuestras quinas!
GONZALO: Huyendo los moros van.
PEDRO: Innumerables han muerto.

*Ponen la bandera de las quinas en un trofeo eminente,
y al colocar la cruz toquen chirimías y todos se
hincarán de rodillas cuando lo diga don
ALFONSO*

ALFONSO: Esas armas colocad,
católicos portugueses,
sobre nuestro trono real.
Postrar todos las rodillas.
®Cruz santa que al Leviatán
mortífero nos rendistes,
árbol del segundo Adán,
que la fruta del primero
venenosa, remediáis
con ese engerto pendiente,
Dios eterno, hombre mortal;
llagas por mi bien abiertas,

aunque las abrió mi mal,
que hasta vuestro corazón
la entrada nos franqueáis,
vuestra ha sido esta victoria;
triunfad, mis llagas, triunfad,
y eternice en vuestras quinas
sus blasones Portugal."

Levántanse y música

Premiemos ahora, amigos,
hazañas que el lauro os dan.
Yo he prometido a la cruz
una orden militar.
Las aves que el vuelo alzaron
cuando nos dieron señal
de esta vitoria celeste
también a esta Orden darán
nombre que no eclipse el tiempo;
que, aunque de Alcántara es ya,
las aves del vaticinio
de Avis la han de intitular.
Sed vos su primer maestre
su caudillo y capitán,
valiente Gonzalo Viegas.
GONZALO: Feliz si tus pies me das.
ALFONSO: A vos, que en vejez dichosa,
Giraldo, pronosticáis
laureles hoy conseguidos,
os tengo de presentar
para arzobispo y pastor
Bracarense.
GIRALDO: Ya mi edad...
ALFONSO: Basta; haráme esta merced
la romana santidad.
Gonzalo Méndez de Amaya
adelantado será
mayor, pues lo es en sus hechos,
del reino de Portugal.

GONZALO: Siglos en vez de años cuentes.
ALFONSO: A vos también, Pedro Páez,
          mi arferez mayor os nombro.
PEDRO: Premio es de tu mano real.
ALFONSO: Déle a don Egas Muñiz
          por amante y por leal,
          Leonor la mano de esposa;
          pues es de mi casa ya
          caballerizo mayor.
EGAS: Llegó mi felicidad
          a lo sumo del deseo.
ALFONSO: Y a doña Elvira Gualtar,
          un tiempo amoroso hechizo
          de mis años, mejorar
          supo afectos religiosa,
          Teresa y Urraca están
          á mi cargo y son mis hijas;
          la primera casará
          con don Fernando Martínez,
          Marte en guerra, Numa en paz,
          siendo señor de Braganza,
          y la segunda tendrá
          al noble don Pedro Alfonso
          de Viegas, nuevo Anibal,
          por consorte esposo y dueño.
          Ya surca Matilde el mar,
          bella infanta de Saboya,
          para que pueda reinar,
          como mi esposa en mi pecho,
          como sol en Portugal.

Sale BRITO

BRITO: Vengan a la almoneda.
ALFONSO: ¡Brito!
BRITO: ¿Chérenme comprar
          para agujetas de perro,
          porque si no rabiarán,
          una hacina de moriscos?

ALFONSO: ¿Haslos muerto tú?
BRITO: Verá
         si soy médico perruno,
         ¿quién los había de matar?
ALFONSO: Doyte por cada cabeza
         cien cruzados.
BRITO: Pues cruzán
         y vayan grande con chico,
         hételos adónde están,

*Descubre un montón de moros muertos unos sobre
otros en diferentes posturas*

ALFONSO: Cobarde valiente fuiste,
         mayores premios tendrás.
         De tu aldea eres señor.
BRITO: Pues no me pienso casar.
ALFONSO: Vamos al templo celeste,
         a la mesa del Maná,
         a las aras del Cordero,
         al convite del altar,
         donde entre puros viriles
         la fe nos muestra al Isaac
         de su padre sacrificio,
         del mundo felicidad.
         Cantaréle esta victoria
         himnos dulces en la paz,
         pues han triunfado en la guerra
         Las quinas de Portugal.

FIN DE LA COMEDIA